獻給親愛的兒子　Jasper

大吼大叫的企鵝媽媽

文·圖 尤塔·鮑爾　譯 賓靜蓀

今天早上， 媽媽好生氣，
氣到對我大吼大叫，

把我嚇得全身都散掉了。

我的頭飛向外太空。

我的身體飛到大海中。

我的翅膀掉進叢林裡。

我的嘴巴降落在山頂。

我的屁股淹沒在大城市裡。

只有我的兩隻腳還在，
但是，它們一直跑一直跑。

我想要找回身體，

但是，眼睛在外太空⋯⋯

我想要喊救命，

但是，嘴巴在山頂上⋯⋯

我想要飛走，

但是，翅膀在叢林裡……

我的兩隻腳走了好久好久，很累了，
當我走到撒哈拉沙漠的時候，

出_{ㄔㄨ}現_{ㄒㄧㄢ}了_{ㄌㄜ}一_ㄧ個_{ㄍㄜ}好_{ㄏㄠ}大_{ㄉㄚ}的_{ㄉㄜ}影_{ㄧㄥ}子_ㄗ。

原來，媽媽把我散掉的身體都找回來，而且縫好了，

只差這兩隻腳。

媽ㄇㄚ媽ㄇㄚ說ㄕㄨㄛ：「對ㄉㄨㄟˋ不ㄅㄨˋ起ㄑㄧˇ。」

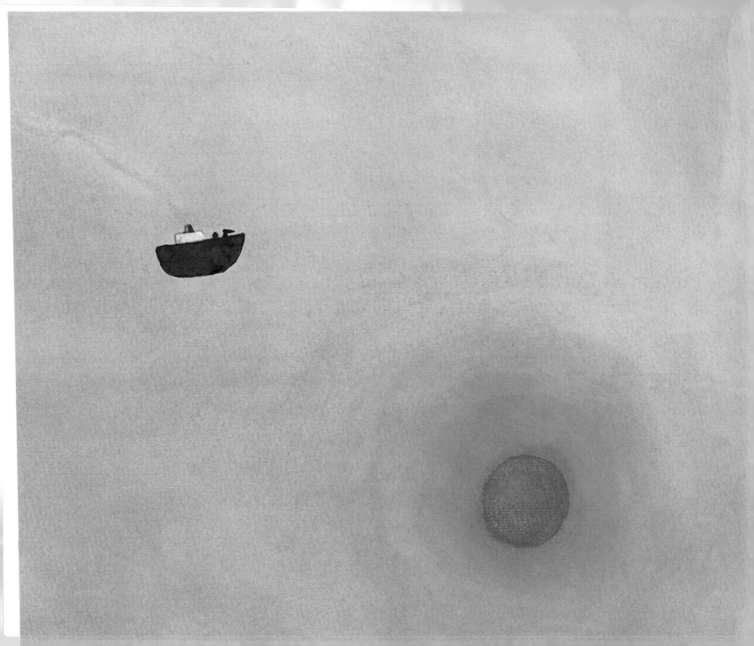